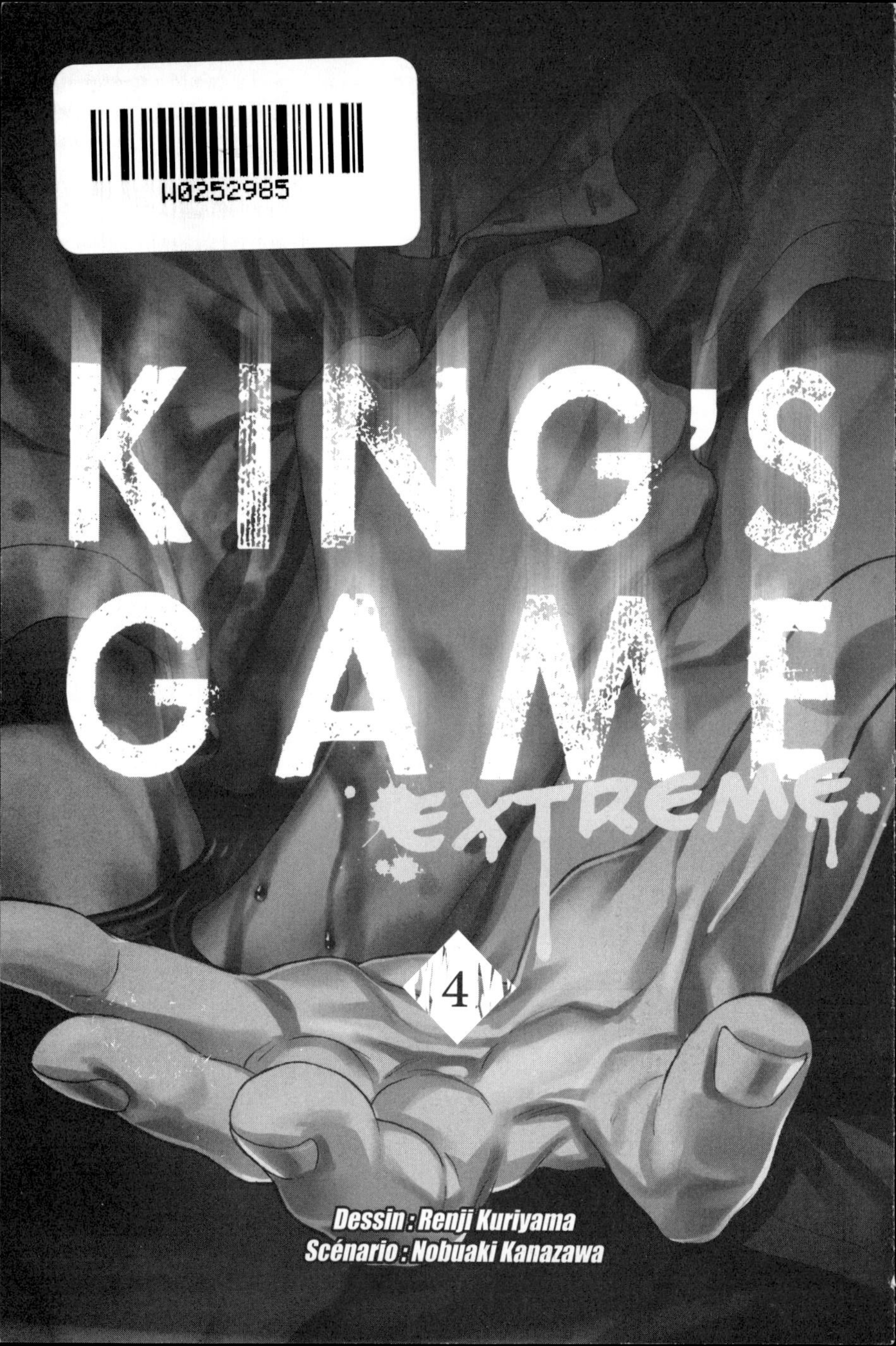
KING'S
GAME
EXTREME
4
Dessin : Renji Kuriyama
Scénario : Nobuaki Kanazawa

LISTE DES ÉLÈVES - CLASSE DE PREMIÈRE 1			
1	~~Kenta AKAMATSU~~	17	~~Misa TAKAMURA~~
2	~~Asuka IGUCHI~~	18	~~Nanami TAKUMI~~
3	~~Hanako IKETANI~~	19	~~Ayumi TANIKAWA~~
4	~~Masahiko INABA~~	20	Teruaki NAGATA
5	~~Yuki UEMATSU~~	21	~~Shô HASEGAWA~~
6	Masatoshi ÔI	22	~~Aoi HARUNA~~
7	Nobuaki KANAZAWA	23	~~Tsubasa FURUSAWA~~
8	~~Aya KURAMOTO~~	24	Natsuko HONDA
9	~~Daiki KUROSAWA~~	25	Aya MATSUOKA
10	Yûna KOBAYASHI	26	Riona MATSUMOTO
11	~~Toshifumi SAKAKIBARA~~	27	~~Hayato MIDORIKAWA~~
12	Takuya SAKAMOTO	28	Rina MINAMI
13	~~Megumi SAKURAI~~	29	Aimi MURAZUMI
14	~~Yûichi SATÔ~~	30	~~Haruka MOMOKI~~
15	~~Tatsuya JINBA~~	31	~~Mizuki YUKIMURA~~
16	Ryô SUGISAWA		

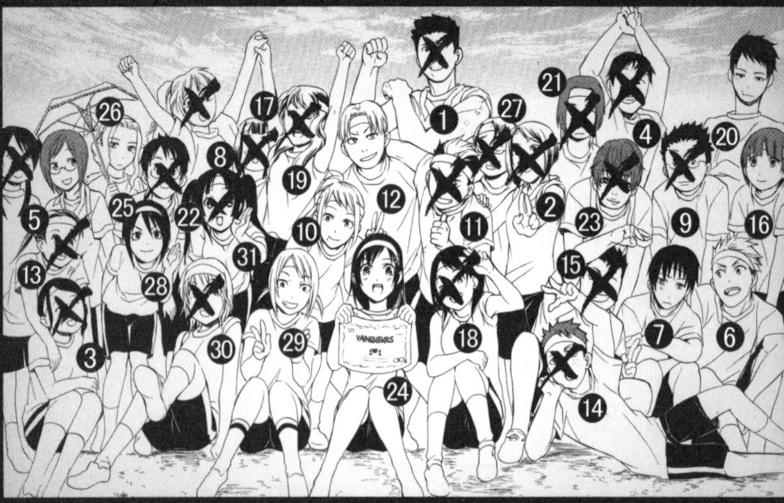

LYCÉE PRÉFECTORAL DE GOKÔ,
CLASSE DE PREMIÈRE 1

1 Kenta AKAMATSU

2 Asuka IGUCHI

3 Hanako IKETANI

4 Masahiko INABA

5 Yuki UEMATSU

6 Masatoshi ÔI

7 Nobuaki KANAZAWA

8 Aya KURAMOTO

9 Daiki KUROSAWA

10 Yûna KOBAYASHI

11 Toshifumi SAKAKIBARA

12 Takuya SAKAMOTO

13 Megumi SAKURAI

14 Yûichi SATÔ

15 Tatsuya JINBA

16 Ryô SUGISAWA

17 Misa TAKAMURA

18 Nanami TAKUMI

19 Ayumi TANIKAWA

20 Teruaki NAGATA

21 Shô HASEGAWA

22 Aoi HARUNA

23 Tsubasa FURUSAWA

24 Natsuko HONDA

25 Aya MATSUOKA

26 Riona MATSUMOTO

27 Hayato MIDORIKAWA

28 Rina MINAMI

29 Aimi MURAZUMI

30 Haruka MOMOKI

31 Mizuki YUKIMURA

KING'S GAME

EXTREME

QU'EST-CE QUE ÇA VEUT DIRE...
ORDRE N° 3 : CHAQUE ÉLÈVE PEUT SECTIONNER UN OU PLUSIEURS DOIGTS DE SA MAIN ET LES OFFRIR À UN MEMBRE DE LA CLASSE...
CHAQUE DOIGT DE LA MAIN DROITE AJOUTE UN POINT À CELUI QUI LE REÇOIT, ET CHAQUE DOIGT DE LA MAIN GAUCHE LUI EN RETIRE UN. LES PARTICIPANTS DONT LE SCORE EST NÉGATIF RECEVRONT UN GAGE.
AIMI ?!
NATSUKO : -4
AIMI : -1
...

PLOF
TU VAS RÉ-PONDRE, OUI ?!
HAN
HAN
HAN
ALLONGE-TOI...
TU TE SENTIRAS PEUT-ÊTRE MIEUX...
NON...
FUIT
JE NE VEUX PAS MANQUER CE QUI VA SE PASSER !

TERUAKI ...
JE TE SUIS EXTRÊMEMENT RECONNAISSANT D'AVOIR RÉCUPÉRÉ MON PORTABLE...
ET DE M'AVOIR DONNÉ UN POINT...
MAIS DANS TON ÉTAT...
NE T'INQUIÈTE PAS...
JE TE L'AI DIT : LES FRACTURES, ÇA GUÉRIT !
C'EST MOI QUI AI CHOISI DE ME BRISER LES DOIGTS ...
EST-CE QUE C'ÉTAIT VRAIMENT NÉCESSAIRE D'EN ARRIVER LÀ ?
SACRIFIER TA MAIN PAR VENGEANCE ...
...
NON, TU NE COMPRENDS PAS !

IL NE S'AGISSAIT PAS DE REPRÉSAILLES ...
ON N'ARRIVERA À RIEN SANS S'ENTRAIDER ...
ET SANS UN LEADER AUTOUR DE QUI SE RALLIER !
C'EST POUR ÇA QUE TERU...
S'EST SACRIFIÉ ...
PLOF
"ON NE PEUT PAS CONTRÔLER LES GENS RIEN QU'AVEC DES MENACES"...
C'EST VRAI, IL Y A D'AUTRES MOTEURS... ET LES AUTRES S'EN RENDRONT BIENTÔT COMPTE, IL SUFFIT DE LEUR DONNER UN PETIT COUP DE POUCE !

JE PASSE MON TOUR !
AYA !
HMM...
MOI AUSSI !
QUOI ?!
DÉ-SOLÉE !
MÊME CHOSE POUR MOI !
AUCUNE DES TROIS N'A RIEN TENTÉ...
IL NE RESTE PLUS QU'AIMI !!
JE...

SAUVE-MOI, JE T'EN SUPPLIE !!
SANS TON AIDE, JE VAIS Y PASSER !!
TU ES MA DERNIÈRE CHANCE !
C'EST TOUT...
CE QUE TU AS À ME DIRE ?
JE NE VEUX PAS MOURIR !!

TU COMPRENDS ?!
ALORS JE T'EN PRIE, CASSE-TOI LES DOIGTS !
ELLE NE RECULE DEVANT RIEN !
IL N'Y A RIEN D'AUTRE, VRAIMENT ?
ARRÊTE DE RADOTER !
MOI QUI CROYAIS QU'ON ÉTAIT AMIES !
!
FRSH
FRSH
FRSH
NIARK
TERUAKI !
!

MERCI...
HI HI !
DU CADEAU !
SLURP
HI!!
GLOUPS

COURS, VA-T'EN !!
AMI !

PLAF
DIS, NATSUKO...
QU'EST-CE QUE JE SUIS, POUR TOI ?
SI J'AI DEMANDÉ À TERUAKI DE M'EN-LEVER UN POINT...

C'EST PARCE QUE JE VOULAIS SAVOIR SI TU VIENDRAIS À MON SECOURS...
SI TU AVAIS REMIS MON SCORE À ZÉRO, J'AURAIS TOUT FAIT POUR T'AIDER, QUOI QU'IL ARRIVE !
MAIS AU BOUT DU COMPTE, TU N'AS PENSÉ QU'À TA PETITE PERSONNE...
JE VOULAIS JUSTE...
QUE TU ME SOUTIENNES...
ALORS DIS-MOI... POUR TOI, L'AMITIÉ...

C'EST QUOI ?
PAF

CRAC
HEIN ?

M...
MES DOIGTS ...
TU ME FAIS MAL ...
AAAH !

AAAAAAH!

PAF
ゴッ
PAF
ゴッ
PAF
ゴッ
ドッ
BAM
PLAF
JE NE PENSAIS PAS...
QU'ELLE ÉTAIT CINGLÉE À CE POINT...

LÂCHE-MOI !
C'EST TROP TARD POUR CHANGER QUOI QUE CE SOIT, DE TOUTE FAÇON !
TU ES VRAIMENT MALADE...
CE N'EST PAS DE CETTE FAÇON QU'AIMI VA ACCEPTER DE TE DONNER DES POINTS !
LES GENS SONT TRÈS FACILES À MANIPULER...
QUAND ILS SONT AFFAIBLIS PSYCHOLOGIQUEMENT...
IL SUFFIT DE LES POUSSER DANS LEURS DERNIERS RETRANCHEMENTS...

JE VEUX QUE TU PERDES LA TÊTE, AIMI !
ばた
VRSH
ばた
VRSH
APRÈS, TU POURRAS ME SAUVER LA PEAU !!
POURQUOI...
EST-CE QU'ON SE BLESSE LES UNS LES AUTRES ?
NATSUKO, JE T'AURAIS ...
AU BOUT DU ROULEAU ...
QUAND LES GENS SONT DOS AU MUR...
ILS NE SONT PLUS CAPABLES DE DÉCISIONS RATIONNELLES !!

TOI AUSSI, TU AS DÛ T'EN RENDRE COMPTE !
TU AS SURVÉCU AUX MÊMES ATROCITÉS QUE MOI...
TU SAIS À QUEL POINT C'EST FACILE DE TRAHIR ! QUAND UN AMI NE SERT À RIEN, ON LE JETTE !!
TAIS-TOI...
CRR

TU PRÉTENDS AIDER LES AUTRES, MAIS CE NE SONT QUE DES PAROLES EN L'AIR...
TU AS TUÉ TA PETITE AMIE À LA FIN DU JEU, HEIN ?
TU TE CONTENTES DE FAIRE LES CHOSES À MOITIÉ...
AU FOND, TU ES BIEN PLUS PATHÉTIQUE...
ET CRUEL QUE MOI !!
AIMI...
AIDE-MOI, S'IL TE PLAÎT...

DIS, AIMI...
TU NE VOUDRAIS PAS ENTRER AU CLUB D'ATHLÉTISME ?
LA NOUVELLE... C'EST QUOI SON NOM, DÉJÀ ?
MOI ? POURQUOI ?
ÇA NE M'INTÉRESSE PAS, SURTOUT QUE J'AI DE L'ASTHME ...
JUSTEMENT !
JE ME SUIS RENSEIGNÉE, ET IL PARAÎT QU'AVEC UN CORPS EN BONNE SANTÉ ET CERTAINES TECHNIQUES RESPIRATOIRES, ON PEUT ENRAYER LE DÉCLENCHEMENT DES CRISES !
!
L'ATHLÉTISME TE PERMETTRAIT DE RENFORCER ...
TES MUSCLES ET TON MÉTABOLISME !
ALLEZ, JE VAIS M'INSCRIRE AVEC TOI !

MAIS JE NE SUIS…
PAS SPORTIVE DU TOUT…
CRR
C'EST NORMAL, AU DÉBUT !
FSH
NE T'INQUIÈTE PAS !
HI HI !
TOUT VA BIEN SE PASSER …
ON S'ENTRAÎNERA ENSEMBLE !
…
PLOF
D'ACCORD …

AIDE-MOI !!
PAF
!!
FRSH
PLAF
AVEC TA MAIN DANS CET ÉTAT...
ÇA DOIT TE FAIRE UN MAL DE CHIEN...
BRRR
ALORS POURQUOI TU M'AS POUSSÉ ?
PARCE QUE... JE NE VEUX PAS QU'ELLE MEURE !

APRÈS CE QU'ELLE T'A FAIT SUBIR...
TU LA PROTÈGES ENCORE ?
ELLE AVAIT PEUR, C'EST TOUT...
C'ÉTAIT LA SEULE OPTION QUI LUI RESTAIT ...
L'AMITIÉ...
C'EST QUOI, POUR TOI ?
MAIS ON EST AMIES ...
ALORS JE NE LA LAISSERAI PAS TOMBER !
CRR

LES LIENS ENTRE LES GENS...

JE NE...
T'ABAN-DONNERAI PAS !
JE TE FAIS TOUJOURS CONFIANCE ...
JE DONNE MES QUATRE POINTS...
À NATSUKO !
JE SUIS DÉSOLÉE ...
TU M'AS SAUVÉ LA VIE...

MERCI...
PLOF
POF

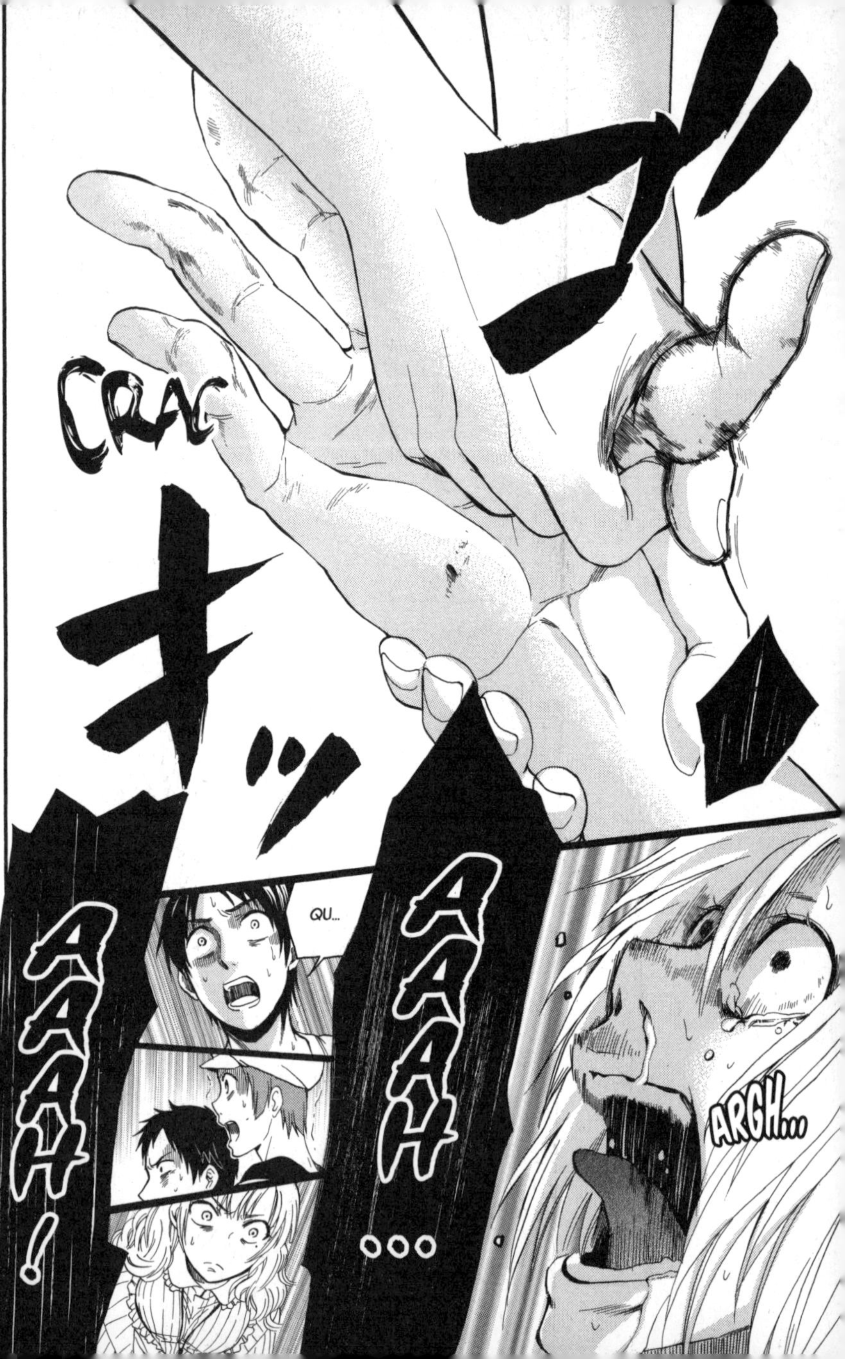
CRAC
キッ
ARGH...
AAAAH...
QU...
AAAAH !

IL TE RESTAIT UN DOIGT, LE PLUS DUR À CASSER...
ALORS JE M'EN SUIS CHARGÉE POUR TOI !
ビクン
ビクン
BRRR
C'EST COMME ÇA...

QUE TU LA REMERCIES ?!
C'ÉTAIT LE SEUL MOYEN DE LA SAUVER...
MAIS ELLE AVAIT TROP PEUR DE S'EN OCCUPER ELLE-MÊME !
À MOINS QUE...
TU N'AIES EU L'INTENTION DE TE LAISSER MOURIR, AIMI ?
...
C'EST HORS DE QUESTION ...
UTILISE LE DERNIER POINT...
POUR REMETTRE TON SCORE À ZÉRO !

J... JE ME DONNE UN POINT...
MAINTENANT ... C'EST FINI...
D... D'AC-CORD ...
WAAAAH !
WAAAAAH !
WAAAAH !
LE TROISIÈME ORDRE N'A FAIT AUCUNE VICTIME, MÊME SI TERUAKI ET AIMI ONT DÛ SACRIFIER LEURS MAINS POUR ÇA...
AU FINAL, CE QUI MOTIVE LES GENS...

CE SONT LES LIENS QU'ILS TISSENT EN-TRE EUX !
MESSAGE REÇU AUJOUR-D'HUI À 17 H 18 : "L'ORDRE A BIEN ÉTÉ EXÉCUTÉ."

病院
再来
受付
新患
会計
カツン
TAP
AIMI !

EST-CE QUE ÇA VA ALLER ?!
ON SE RETROUVE CE SOIR À 23 H 40...
PRÈS DU PONT !
...
NATSUKO...
CE QUI S'EST PASSÉ AUJOURD'HUI ...
NE T'A VRAIMENT PAS FAIT RÉFLÉCHIR ?
IL SUFFIT DE QUELQUES MOTS POUR SAUVER UNE VIE
TU NE T'ES PAS DÉCIDÉE À CHANGER ?
...
À QUOI BON ?
LA CONCLUSION SERA LA MÊME, DE TOUTE FAÇON !
TU SAIS TRÈS BIEN CE QUI NOUS ATTEND...

MÊME SI MA PARTIE NE S'EST PAS DÉROULÉE EXACTEMENT COMME LA TIENNE...
ELLE S'EST TERMINÉE DE LA MÊME MANIÈRE !
QU'EST-CE QUI T'EST ARRIVÉ ?
...
HI HI !

JE T'EN PARLERAI UNE AUTRE FOIS !
TAP
TAP
TU NE VAUX PAS MIEUX QUE MOI ...
DONNER DE FAUX ESPOIRS AUX GENS...
ÇA NE LEUR REND PAS SERVICE !
TAP
...
SALUT !
!

TU ES SORTI ?!
...
ALORS ?
LE MÉDECIN A DIT QUE MA MAIN GAUCHE RESTERAIT PARALYSÉE...
MAIS NON, JE PLAISANTE !
ELLE NE POURRA PLUS EFFECTUER DE TRAVAUX DÉLICATS, C'EST TOUT !
!
FUIT
C'EST DÉJÀ BEAUCOUP...
SNIF...
FSH

HÉ HÉ !
TANT QU'IL M'EN RESTE UNE, PAS DE SOUCI !
COMMENT IL ARRIVE À GARDER LE SOURIRE ?
ON Y VA ?
NOBUAKI...
JE SAIS QUE TU PORTES UN LOURD FARDEAU...
MAIS...

QU'IL S'AGISSE DE RYÔ, MASATOSHI, AIMI, RIONA OU MOI… ON A TOUS BESOIN DE TOI …
ALORS TIENS BON !
!
PAF
QU'EST-CE QUI TE PREND ?!
HI HI !
DÉSOLÉ …
TU AVAIS L'AIR TELLEMENT ABATTU…
JE N'AI PAS PU M'EN EMPÊ-CHER !
HEIN ?!

COMMENT ÇA ?!
HÔPITAL DES ACCIDENTS DU TRAVAIL DE HIROSHIMA
HA HA HA HA !
23 H 30.

RYÔ !
AH, TE VOILÀ !
TERU VA BIEN ?
TAP TAP TAP
OUI, ILS ONT PU SOIGNER SA MAIN ...
JE ME DEMANDE ...
QUOI ?
SI NATSUKO VA CHANGER D'ATTITUDE...
J'EN SAIS RIEN...
MAIS ON VA VITE ÊTRE FIXÉS !
QU'EST-CE QU'ON VA DEVE-NIR ?
À TON AVIS...
T'INQUIÈTE !
FRSH
AAAH !
FRSH
JE NE PEUX PAS LUI DIRE...

QU'ON NE RETROUVERA
JAMAIS UNE VIE NORMALE...
AH !
TERU !
TAP

TOUT LE MONDE EST LÀ ?
OUAH !
NON, IL MANQUE NATSUKO ET AIMI...
COMMENT VA TA MAIN ?
ELLE SERA COMPLÈTEMENT GUÉRIE D'ICI DEUX MOIS, D'APRÈS LE TOUBIB...
PAS DE QUOI S'INQUIÉ-TER !
OUAIS !
OUF...
MAINTENANT QUE NOBUAKI EST ARRIVÉ...
PASSONS AUX CHOSES SÉRIEUSES...
JE VOUDRAIS CLARIFIER CERTAINES CHOSES À SON SU-JET...

VOUS DEVEZ DÉJÀ LE SAVOIR, MAIS C'EST UN RESCAPÉ DU JEU DU ROI !
ET IL CHERCHE À NOUS AIDER !
C'EST POUR ÇA QU'IL EST PARTI AVEC KENTA ET MIZUKI, HIER...
JE ME TROMPE ?
NON...
DU COUP, TU AS TROUVÉ CE QUE TU CHERCHAIS ?
OUI...
LE JOURNAL D'UN SURVIVANT D'UN JEU DU ROI QUI S'EST DÉROULÉ IL Y A DES ANNÉES...
APRÈS L'AVOIR LU, JE SUIS CONVAINCU QUE SON PROPRIÉTAIRE N'EST PAS LE SEUL À S'EN ÊTRE SORTI...

RIEN D'AUTRE ?
MALHEU-REUSEMENT, LES PASSAGES IMPORTANTS ÉTAIENT RAYÉS ...
TSS... C'EST TOUT ?!
AU FINAL, TU NE SAIS RIEN !
SI, JUSTE UNE CHOSE ...
IL N'Y A QU'EN COLLABORANT QU'ON POURRA S'EN SORTIR !
ALORS ...
JE ME FICHE QUE VOUS ME CROYIEZ OU NON...
POURVU QUE VOUS AYEZ CONFIANCE LES UNS EN LES AUTRES !

NE PERDEZ PAS VOTRE VOLONTÉ DE VIVRE...
C'EST TOUT CE QUE JE VOUS DE-MANDE !
TU SAIS ...
JE N'AI PAS RENONCÉ À MON RÊVE DE DEVENIR COIFFEUR...
JE VEUX SURVIVRE !
ALORS JE T'AIDERAI !
MOI AUSSI !
VSH
PAREIL...
JE SUIS BIEN TROP JEUNE POUR MOURIR !
...
MOI...

VSH
JE REFUSE … D'ABANDONNER SANS COMBATTRE !
MOI AUSSI !
VRAIMENT ?
OUI, NOTRE DÉCISION EST PRISE !
ENSEMBLE, ON S'EN SORTIRA !
NOBUAKI, ON TE SUIT !
OUI !
ÇA NE SERVIRA À RIEN...

UN CHEF NE FERA QUE VOUS GÊNER ...
CLAP
VOUS NE POUVEZ COMPTER QUE SUR VOUS-MÊME POUR VOUS SAUVER !
VOUS EN AVEZ MIS, DU TEMPS...
FRSH
IL NOUS RESTE 20 MINUTES AVANT LE PROCHAIN ORDRE...
QU'EST-CE QUE TU DIRAIS D'UN PETIT DÉFI, HISTOIRE DE RÉGLER NOS DIFFÉRENDS ?
FRSH
...
PAS QUESTION !

TU ES INCAPABLE DE ME TENIR TÊTE...
ET TU TE PRÉTENDS UN HOMME ?!
JE NE CHANGERAI PAS D'AVIS !
!
SNIF...
QU...
POURQUOI TU PLEURES ?!
TU ES TOUJOURS ÉGALE À TOI-MÊME !
MOI QUI ESPÉRAIS QUE TU ALLAIS OUVRIR LES YEUX...
POUR QUI TU TE PRENDS ?!

FRAN-CHEMENT, TU PEUX PARLER !
TU N'AS PAS ENTENDU CE QUE JE T'AI DIT TOUT À L'HEURE ?!
SI...
FRSH
FRSH
POURTANT, J'AI L'IMPRES-SION QUE TU N'AS RIEN CAPTÉ...
POF
TU SAIS BIEN QUE SEUL UN D'ENTRE NOUS POURRA SURVIVRE...

ET QUE MÊME LUI DEVRA CONTINUER LE JEU !
AUTANT TUER LES AUTRES LE PLUS VITE POSSIBLE...
PLUTÔT QUE DE PROLONGER LEURS SOUFFRANCES INUTILEMENT !
JE SUIS SÛR QU'IL Y A UNE ALTERNATIVE !
NE SOIS PAS SI NAÏF !
TU VOULAIS SAVOIR COMMENT LE JEU S'ÉTAIT PASSÉ POUR MOI ?
CONTRAIREMENT À TOI, LA PERSONNE QUE J'AI TUÉE À LA FIN ÉTAIT CELLE QUE JE DÉTESTAIS LE PLUS AU MONDE...
AUJOURD'HUI ENCORE, J'AI ENVIE DE VOMIR QUAND JE REPENSE À SON NOM...
ELLE N'EST MORTE QU'APRÈS AVOIR MANIPULÉ PUIS ASSASSINÉ LA MOITIÉ DE MA CLASSE !

TANDIS QUE CELUI QUE JE VOULAIS PROTÉGER...
S'EST JETÉ D'UNE FALAISE AVANT QUE J'AIE PU ESQUISSER LE MOINDRE MOUVEMENT...
SI SEULEMENT ...
IL M'EN AVAIT PARLÉ !
...
TRILILILI
TRILILILI
!!
CLAP
VSH

FRSH
CLAP
FSH
BIP
CLAP
TAC
TAC
VSH
RYÔ !!
TAP
NE REGARDE PAS CE MESSAGE !
VA-T'EN, VITE !!
HEIN ?
GLOUPS
MAIS QU...

NE M'OBLIGE PAS À ME RÉPÉTER ! FICHE LE CAMP D'ICI !!
D... D'ACCORD !
TAP
FUIT
POF
C'EST TOI, LA RESPON-SABLE ?!

IL N'Y A QUE TOI ET TERUAKI...
QUI AURAIENT EU L'OCCASION DE FAIRE ÇA !!
TOUT JUSTE !
VSH
H!!!!!!!!!
TAP
TERUAKI !

PAR-DON...
C'EST DE MA FAUTE ...
JE SUIS DÉSOLÉ !
POUR-QUOI...
EST-CE QUE...
J'AI REÇU UN GAGE ?
QUELLE RÈGLE...
J'AI EN-FREINTE ?
PLOC
PLIC

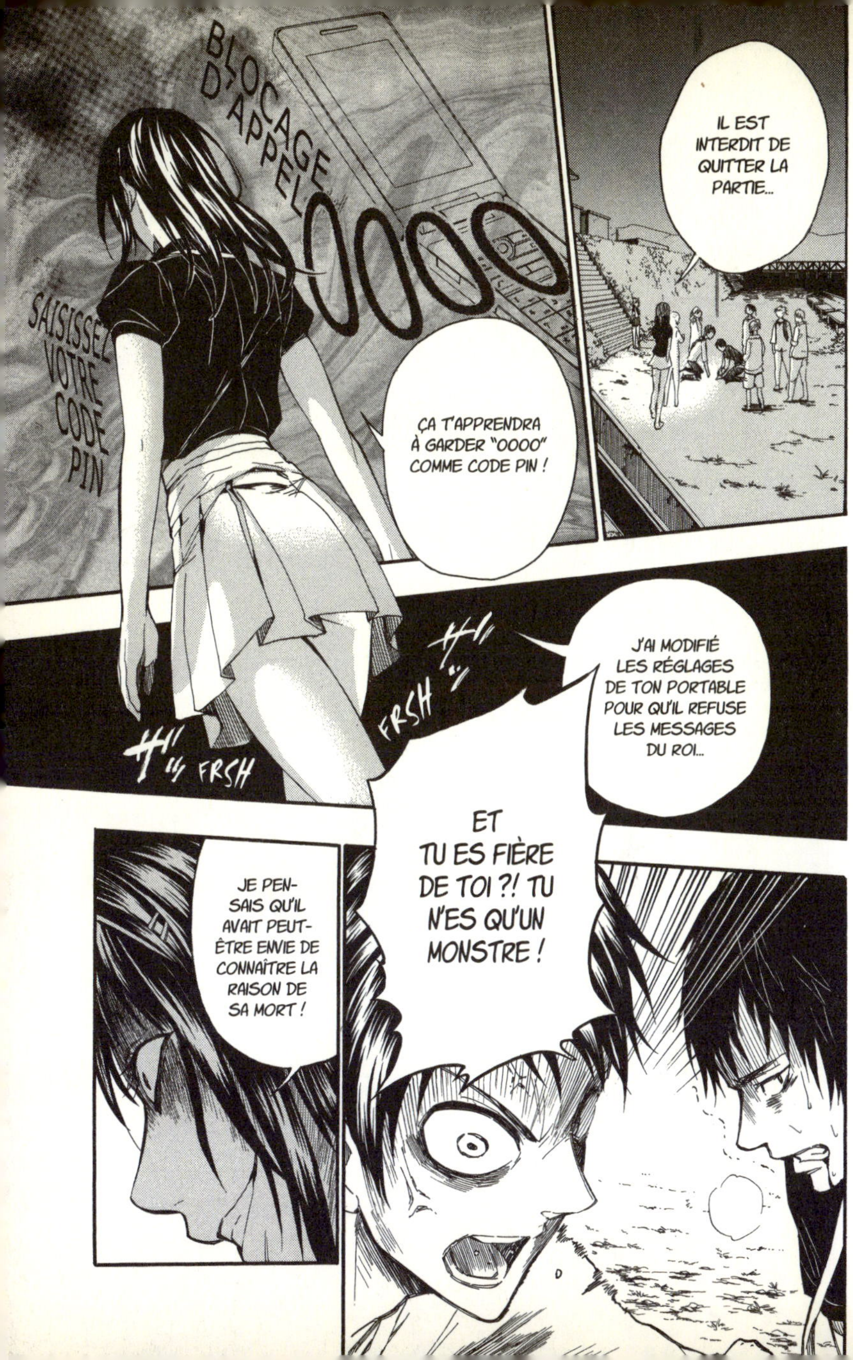
IL EST INTERDIT DE QUITTER LA PARTIE...
BLOCAGE D'APPEL
0000
SAISISSEZ VOTRE CODE PIN
ÇA T'APPRENDRA À GARDER "0000" COMME CODE PIN !
J'AI MODIFIÉ LES RÉGLAGES DE TON PORTABLE POUR QU'IL REFUSE LES MESSAGES DU ROI...
FRSH
FRSH
ET TU ES FIÈRE DE TOI ?! TU N'ES QU'UN MONSTRE !
JE PENSAIS QU'IL AVAIT PEUT-ÊTRE ENVIE DE CONNAÎTRE LA RAISON DE SA MORT !

KOF KOF
GH...
ÇA VA ?!
MERCI...
D'AVOIR ÉLOIGNÉ RYÔ D'ICI ...
C'EST QUELQU'UN DE FRAGILE ...
TU T'ES DIT QU'IL NE SUPPORTERAIT PAS DE VOIR CE QUI VA M'ARRIVER, HEIN ?
NON, JE VOULAIS JUSTE...
SOIS HONNÊTE, S'IL TE PLAÎT !

FSH
ズ!!
DÉSOLÉ...
JE NE T'AI PAS ÉTÉ TRÈS UTILE...
C'EST FAUX !!
SANS TON SOUTIEN...
J'AURAIS DÉJÀ ABAN-DONNÉ !
NE BAISSE PAS LES BRAS... TU DOIS AIDER LES AUTRES...
UNISSEZ VOS FOR-CES...

FSH
TES CHEVEUX ...
TU ME LAISSERAS ENCORE TE LES COUP...

TCHAC
PLAF
FSH

HIIIIIIIII
AAAAAH !
ELLE VIENT PAR LÀ !
A...
VSH
ARRÊTE, RINA !

NOON !
VRSH
PAF
TAC
SPLASH
AAAH
!
AAAH !!
CEUX QUI VEULENT UNE PORTE DE SORTIE N'ONT QU'À BLOQUER LES MESSAGES DU ROI !

ILS POURRONT QUITTER LA PARTIE SANS PROBLÈME !
FACILE, NON ?!
CE JEU EST TROP ABSURDE...
AH OUAIS ?
ET À QUI LA FAUTE ?
TU N'AVAIS PAS LE DROIT DE TUER TERUAKI...
ALORS QU'IL VOULAIT VIVRE PLUS QUE TOUT !!
TANT QU'IL M'EN RESTE UNE, PAS DE SOUCI !

TU EN ES SÛR ?
PEUT-ÊTRE QU'AU FOND DE LUI, IL SOUHAITAIT MOURIR... SA MAIN ÉTAIT FICHUE !
SI ON LUI DEMANDAIT SON AVIS ?
GRR...
MOI AUSSI, J'AI L'IMPRESSION QUE CE SERAIT PLUS SIMPLE...
D'EN FINIR TOUT DE SUITE...
ARRÊTE DE TE FOUTRE DE MOI !!
カチ
TAC
カチ
TAC
?!
NATSUKO, POURQUOI TU NE L'ARRÊTES PAS ?!

JE DEVRAIS ? ELLE SOUFFRIRA MOINS, COMME ÇA...
SI LE JEU DU ROI SE POURSUIT ENCORE PENDANT DIX JOURS...
TU CROIS QU'ELLE TIENDRA LE COUP ?
ESSAIE DE COMPRENDRE ...
C'EST PAR GENTILLESSE QUE JE N'INTERVIENS PAS !
FRSH
FRSH
FRSH
AIMI...
JE SUIS DÉSOLÉE ...
NON !
ARRÊTE ! TU AS TORT...
JE DOIS FAIRE QUELQUE CHOSE...

SEULEMENT...
JE NE SAIS PLUS CE QUI EST JUSTE OU NON !
HAN
NOBU ?
HAN
CETTE VOIX...
HAN
HAN
PARDON... J'AVAIS TROP PEUR...
RYÔ !!
IL FAUT RESTER GROUPÉS !
ALORS JE SUIS REVENU !
HAN
OÙ EST TERU ?
ATTENDS...
FRSH

PLAF
C'EST QUOI...
ÇA ?
POUR-QUOI...
EST-CE QUE CE CORPS PORTE LES MÊMES VÊTEMENTS QUE TERU ?
FSH
FSH
IL EST...
PASSÉ OÙ ?!
TERU !
TERU !!
RYÔ...
SNIF...

SA TÊTE A DISPARU ...
NOBU...
GLOUPS
OÙ EST-CE QU'ELLE EST ?

IL FAUT LA RETROUVER ...
SINON IL NE POURRA PLUS PORTER DE CASQUETTE !
RYÔ...
ARRÊTE !
PLOF
PLOF
PLIC
PLOF
LÀ...
REGARDE ...
TU VOIS ?
IL A L'AIR RIDICULE COMME ÇA !

NOTRE RAISON
S'EFFONDRE...
ZING
ON EST EN TRAIN
DE PERDRE PIED...
AAH...

FRSH
BON SANG !
ON N'A PAS LE TEMPS POUR CES HISTOIRES ! FAITES CE QUE VOUS VOULEZ...
MOI, JE TRACE !
MOI AUSSI !
TAP
...
QU'EST-CE QUE TU ATTENDS ?
TU AS LU LE NOUVEL ORDRE, NON ?
ON EST À PLUS DE 100 KILOMÈTRES DE L'ARRIVÉE... SI ON NE PART PAS TOUT DE SUITE, ON EST FICHUS !
MESSAGE REÇU LE DIMANCHE 06/06 À 00 H 00 : "ORDRE N° 4 : LES JOUEURS DOIVENT SE RENDRE AUX RUINES DE KAMEGAKUBI. TOUTES LES HUIT HEURES, L'ÉLÈVE LE PLUS ÉLOIGNÉ DE L'ARRIVÉE RECEVRA UN GAGE. ATTENTION, L'UTILISATION D'UN VÉHICULE, QUEL QU'IL SOIT, EST INTERDITE."

IL FAUT RETROUVER...
LA TÊTE DE TERU...
OÙ...
OÙ ELLE EST ?!
EH !
TOI AUSSI, RESSAISIS-TOI !
ALLEZ !
TERU !
TERU !
"C'EST QUELQU'UN DE FRAGILE..."
キョロ FUIT
キョロ FUIT
TERUAKI...
GH...
RYÔ !
CE N'EST PAS LE MOMENT DE SE LAISSER ALLER !
TU DOIS VIVRE, POUR TERUAKI !

...
MAIS IL AVAIT PROMIS QU'IL ME COUPERAIT ENCORE LES CHEVEUX...
C'EST FINI, IL EST MORT !
IMPOSSIBLE !
IL AVAIT JURÉ...
REGARDE LA RÉALITÉ EN FACE ! C'EST CE QU'IL AURAIT VOULU...

TU DEVRAIS PEUT-ÊTRE Y ALLER, TOI AUSSI...
NATSUKO EST DÉJÀ LOIN !
!
LA GARCE ! C'EST ELLE QUI VOULAIT UN DUEL !
ALLEZ ...
VIENS AVEC MOI !!
NON...
JE NE BOUGE-RAI PAS D'ICI...
DANS HUIT HEURES, LA PERSONNE LA PLUS ÉLOIGNÉE DE KAMEGAKUBI AURA UN GAGE ...
TU VEUX QUAND MÊME RESTER ?
OUI !

TU AS PERDU L'ENVIE DE VIVRE ?
EXACTEMENT...
ALORS...
TU N'AS PAS DE MESSAGE POUR NATSUKO ?
!!
...
SOUHAITE-LUI BONNE CHANCE DE MA PART...

PLOF
EH !
QU'EST-CE QUE TU FICHES ?!
TAP
TAP
TAP
TU LUI DIRAS TOI-MÊME !
QU...
MAIS C'EST TOI QUI M'AS PROPOSÉ DE T'EN CHARGER !
ARRÊTE, LAISSE-MOI DESCENDRE !!
PAS TANT QUE TU REFUSERAS DE COURIR !
VA DONC DIRE TA FAÇON DE PENSER À NATSUKO ! TU NE LUI EN VEUX PAS DE T'AVOIR LAISSÉE TOMBER ?!

TU ES DÉBILE, OU QUOI ?
C'EST VRAI QUE L'UN DE NOUS DEVRA MOURIR DANS HUIT HEURES...
SI ELLE VEUT SE DÉVOUER, POURQUOI L'EN EMPÊCHER ?
TAP
MAIS JUSTEMENT...
JE REFUSE D'ABANDONNER QUELQU'UN PRÊT À SE SACRIFIER !!
TAP
D'ACCORD ...
LRR
JE VAIS COURIR !
C'EST VRAI ?!
TAP
TAP
VITE, ON A DÉJÀ PAS MAL DE RETARD !

AU FAIT...
PENSE À ANNULER TON BLOCAGE D'APPEL !
...
POUR-QUOI...
EST-CE QUE TU M'AIDES ?
IL Y A BESOIN D'UNE RAISON POUR ÇA ?
BOBOM
TU ES VRAIMENT INCREVA-BLE !
!
PAS DU TOUT !
C'EST L'INVERSE, JE SUIS DÉJÀ MORT...

PING
FSH
HAN
HAN
TAP
TAP
TAP
VOIR UNE PETITE PRINCESSE COMME TOI COURIR DANS CETTE TENUE, ÇA A QUELQUE CHOSE DE COMIQUE !
...
HAN
ÉCONO-MISE TA SALIVE !

GRR...
VSH
!!
QU'ELLE AILLE SE FAIRE VOIR...
ストップ!! 飲酒運転!
TAP
TAP

PLOF
VSH
?!
QU...

HIII !
BAM
BAM
BAM
NON !
PLAF

DÉSOLÉ...
TU ME BLOQUAIS LE PAS-SAGE !

TAP
TAP
TAP
VSH
GH...
KOF
MASA-TOSHI !!
P... POURQUOI...
KIII
SALAUD !!
酒運転！
ON AVAIT DÉCIDÉ D'UNIR NOS FORCES !
STO

NOBUAKI ET TERUAKI ONT PEUT-ÊTRE RÉUSSI À VOUS EMBROUILLER ...
MAIS AVEC MOI, ÇA NE MARCHE PAS !
VIENS, AYA... C'EST FINI POUR LUI...
...
FUIT
TOI AUSSI ?!
IL EST ENCORE EN VIE, ON NE PEUT PAS L'ABANDONNER !
PENSE D'ABORD À TOI POUR L'INSTANT !!
...
IL NOUS RATTRAPERA S'IL SE RÉVEILLE...
JE VAIS AU MOINS APPELER UNE AMBULANCE...
ARRÊTE, ON N'A PAS LE TEMPS DE L'ACCOMPAGNER À L'HOSTO !

FSH
MASATOSHI NE PEUT PLUS COMPTER QUE SUR LUI-MÊME !
MAIS ...
DE TOUTE FAÇON, AUCUN D'ENTRE NOUS N'A LE DROIT D'EMPRUNTER UN VÉHICULE !
AYA !
ON A ENCORE PLUS DE 100 KILOMÈTRES À PARCOURIR !
C'EST COMME ÇA, TU NE PEUX PAS TE PERMETTRE D'ATTENDRE QU'IL SE RÉVEILLE...

FSH
ENFIN... SI TU VEUX RESTER QUAND MÊME, JE NE T'EN EMPÊCHERAI PAS !
FSH
...
DÉ-SOLÉE, MASATO-SHI...
JE COMPATIS, CROIS-MOI...
2 H 35.
DÉJÀ DEUX HEURES QU'ON COURT ET TOU-JOURS AUCUNE TRACE DES AUTRES...
ILS AU-RAIENT PRIS UN AUTRE CHEMIN ?
JE VAIS ESSAYER DE LES APPELER ...
AU FAIT ...

J'IMAGINE QUE TU N'AS JAMAIS ENTENDU PARLER DES RUINES DE KAMEGAKUBI...
EUH, NON...
CE SONT DES VESTIGES HISTORIQUES ?
SI ON VEUT...
IL S'AGIT D'ANCIENNES INSTALLATIONS DE L'ARMÉE IMPÉRIALE !
ON Y TROUVE DES BÂTIMENTS DÉLABRÉS, DES STATUES, DES MONUMENTS AUX MORTS, DES ABRIS ANTIAÉRIENS...
VRAIMENT ?
IL PARAÎT QUE BEAUCOUP DE GENS ONT PÉRI LÀ-BAS, PENDANT LA GUERRE...
ON PARLE AUSSI D'EXPÉRIMENTATIONS SUR DES ÊTRES HUMAINS !
SÉRIEUX ?! QU'EST-CE QUI S'EST PASSÉ ?!
AUCUNE IDÉE...
EN TOUT CAS, L'HISTOIRE DE CET ENDROIT FAIT FROID DANS LE DOS... AU POINT QU'ON L'A SURNOMMÉ "LES RUINES SANGLANTES" !

EH BEN, ÇA PROMET...
JE ME DEMANDE POURQUOI LE ROI NOUS EN-VOIE LÀ-BAS ...
SIMPLE COÏNCIDENCE ? OU BIEN...
NON, JE RÉFLÉCHIS TROP...
ALLEZ, C'EST PAS LE MOMENT DE FAIBLIR !
!
RE-GARDE, DEVANT NOUS...
RIONA !
!!

OÙ SONT LES AUTRES ?
UN PEU PLUS LOIN !
ELLE A L'AIR À BOUT DE FORCES ...
HAN
QUOI ?
CONTI-NUE, NE T'OCCUPE PAS DE MOI !
HAN
ÇA VA ALLER ?
MAIS OUI !
TAP
TAP
EST-CE QUE...
VOUS AVEZ PRIS LA PASSERELLE AU-DESSUS DE LA NATIO-NALE ?
NON, JE NE CROIS PAS...
JE VOIS ...
EN TOUT CAS, DÉPÊ-CHEZ-VOUS. MOI, JE M'EN SORS TRÈS BIEN TOUTE SEULE !
TAP
SI TU LE DIS...

J'EN ÉTAIS SÛRE, IL A RALENTI LE PAS POUR ME PARLER !
IL COURAIT DRÔLEMENT VITE, PENDANT LA COURSE DE RELAIS...
ENFIN, IL EN FAUT PLUS POUR M'IMPRES-SIONN...
PAF
?!
AIMI !
!!
TU VEUX BIEN RESTER AVEC ELLE DEUX MINU-TES ?
EUH... OK...
QU'EST-CE QU'IL EST PARTI FAIRE ?
AUCUNE IDÉE...
D'OÙ EST-CE QU'IL TIRE TOUTE CETTE ÉNERGIE ?
AUCUNE IDÉE...

IL VIENT D'UNE AUTRE PLANÈTE, OU QUOI ?
PEUT-ÊTRE BIEN...
PFF...
JE PEUX TE POSER UNE QUES-TION ?
POF
QUEL EFFET ÇA T'A FAIT, D'AS-SISTER À LA MORT DE TERUAKI ?
TU AS DÉJÀ SONGÉ À LA TIENNE ?
MOI, J'AI LA CHAIR DE POULE RIEN QUE D'Y PENSER...
...
MOI AUSSI !

ビックゥゥ
GLOUPS
BOCARI SWEAT
BOCARI SWEAT
TADAM !
ÇA NE VA PAS, DE NOUS FICHER UNE TROUILLE PAREILLE ?!
TU DOIS AVOIR SOIF...
BOIS UN COUP, IL NE FAUT SURTOUT PAS TE DÉS-HYDRATER !
BOBOM
BOBOM
TAC
TAC
TAC
CLAC
FUIT
TIENS !
VU QUE TU NE PEUX PAS TE SERVIR DE TA MAIN DROITE...
MERCI...

QU'EST-CE QUI T'ARRIVE ?!
C'EST DINGUE D'ÊTRE AUSSI RELAX DANS UN MOMENT PAREIL !!
PARTEZ DEVANT, JE ME DÉBROUILLERAI !
TU ES SÛRE QUE ÇA VA ALLER ?
MÊLE-TOI DE TES AFFAIRES ! TU ES LOURD, À LA FIN !
CRR
ギュ
JE VOUS RATTRAPERAI VITE, DE TOUTE FAÇON...
... D'ACCORD ...
JUSTE UNE CHOSE...
OUI ?

MÉFIEZ-VOUS DE TAKUYA !
TAKUYA ?
COMPRIS, ON RESTERA SUR NOS GARDES...
ET TOI...
DÉPÊCHE-TOI DE NOUS REJOINDRE !

DÉSOLÉE...
JE NE SUPPORTE PAS...
D'ÊTRE UN FARDEAU !
POF
POF
QUEL IDIOT...
IL POURRAIT ÊTRE UN PEU PLUS PRÉVENANT !
TAC
TAC
QUE QUELQU'UN M'OUVRE CETTE CANETTE !

JE M'INQUIÈTE POUR RIONA !
CONTENTE-TOI DE COURIR !
NOTRE PRIORITÉ, C'EST DE RATTRAPER LES AUTRES !
TAP
HAN
TAP
REGARDEZ, ILS NOUS ONT REJOINTS !!

VOUS N'ÊTES QUE QUATRE ?!
OÙ SONT PASSÉS MASATOSHI ET TAKUYA ?!
?
QU'EST-CE QUI NE VA PAS ?
JSH
MASATOSHI A PERDU CONNAISSANCE !
GLOUPS
TAKUYA L'A POUSSÉ DU HAUT D'UNE PASSERELLE ...
ALORS ON L'A LAISSÉ LÀ-BAS !
L'AUTRE CINGLÉ EST PARTI DEVANT...
D'ACCORD ...
JE COMPRENDS MIEUX LES PAROLES DE RIONA...
VOUS AVEZ PRIS LA PASSERELLE ?
MÉFIEZ-VOUS DE TAKUYA !

SI ON AVAIT SUIVI LE MÊME CHEMIN QU'EUX, NOBUAKI SE SERAIT SANS DOUTE ARRÊTÉ POUR AIDER LE BLESSÉ...
ET ON AURAIT PERDU DU TEMPS !
MÉFIEZ-VOUS DE TA-KUYA !
C'ÉTAIT DONC DE ÇA QUE RIONA PARLAIT...
NE NOUS RE-PROCHE PAS D'AVOIR LAISSÉ MASATOSHI SUR PLACE !!
TOUT LE MONDE ÉTAIT D'ACCORD : ON N'AVAIT PAS LE CHOIX...
C'ÉTAIT LA SEULE CHOSE À FAIRE !!
NE T'INQUIÈTE PAS, RINA...

JE T'ASSURE...
QUE JE NE VOUS EN VEUX PAS !
J'AIMERAIS SEULEMENT VOUS CONFIER AIMI...
!
SI TU COURS AVEC LES AUTRES, TU TE SENTIRAS MOINS SEULE...
IL N'EST VRAIMENT PAS COMME TOUT LE MONDE...
BON COURAGE !
À PLUS TARD !
EH, POURQUOI TU REPARS EN ARRIÈRE ?!
QU'EST-CE QUI TE PREND ?!

JE VAIS M'OCCUPER DE MASATOSHI ET DE RIONA !
QU...
C'EST COMPLÈTEMENT STUPIDE !
PAS LA PEINE DE ME LE RAPPELER !
TAP
TAP
IL EST FOU ...
TU PARLES ...

C'EST JUSTE UN MOYEN DE SE DONNER BONNE CONSCIENCE !
LA VOILÀ !
FLOP
FLOP
QU'EST-CE QUE TU FICHES EN PLEIN MILIEU DE LA ROUTE ?!
TU VAS TE FAIRE ÉCRASER !
BIZARRE...
ELLE NE M'ENTEND PAS ?

TAP
TAP
JE VOIS... C'EST PARCE QU'ELLE EST CONCENTRÉE SUR SA COURSE !
HAN
VSH
RIONA !
EH OH !
PLOF
GLOUPS
!!
VSH
AH !

HAN
HAN
QU...
JE T'AI FAIT PEUR ?
C'EST...
TOI ?!
AH !
TU VEUX QUE J'AIE UNE ATTAQUE, OU QUOI ?!
DÉSOLÉ, J'AI ESSAYÉ DE T'APPE-LER, MAIS...
POURQUOI TU ES RE-VENU ?!
PARCE QUE...
JE ME SUIS DIT QUE TU RISQUAIS DE T'INQUIÉTER ...
TOUTE SEULE EN PLEINE NUIT...

AH...
EUH...
FSH
TU N'AS RIEN BU ?
N...
NON !!
BOBOM
JE NE PEUX PAS LA DÉCAPSULER, AVEC MES ONGLES !!
TU N'AVAIS QU'À LA JETER...
TAIS-TOI ET OUVRE-MOI CE TRUC !!
TCHIC
J'AI DU MAL À TE COMPRENDRE, PARFOIS...
VRAIMENT ...
BOBOM
TU N'ES QU'UN MUFLE !
BOBOM
BOBOM
SARI SWEAT

JE ME SENTAIS SEULE...
SANS PERSONNE POUR COURIR À MES CÔTÉS...
OU MÊME M'AIDER À OUVRIR CETTE CANETTE...
CRR
GLOU
GLOU
AAH !
MERCI ...
JE REVIS ...
PFIOU...
KIII

HÉ HÉ !
BOBOM
QU'EST-CE QUI M'ARRIVE ?
ドキ
BOBOM
ドキ
BOBOM
ドキ
BOBOM
JE NE SUIS QUAND MÊME PAS EN TRAIN DE...
ドキ
BOBOM
ドキ

!
TAP
TAP
TAP
DES BRUITS DE PAS ?
OUI...
QUELQU'UN APPROCHE !
TAP
TAP
FRSH
MAIS IL COURT BIZARREMENT...
GLOUPS
TAP
QUI C'EST ?
TAP
TAP
TAP
!
ÇA ALORS ...

フラ
FLOP
HAN
HAN
FLOP
フラ
MASA-
TOSHI!
!

TIENS, C'EST TOI ?
QUAND EST-CE QUE TU M'AS DÉPASSÉ ?
BEN QUOI ? ON CROIRAIT QUE VOUS AVEZ VU UN FANTÔME !
FRSH
DITES-MOI PLUTÔT...
FRSH
VOUS SAVEZ OÙ EST TAKUYA ?
NON...
IL DOIT ÊTRE LOIN DEVANT...
VRAIMENT ?

CET ENFOIRÉ !
IL VA ME LE PAYER !
ATTENDS, TU ES BLESSÉ !
JE NE LE LÂCHERAI PAS !!
COMMENT EST-CE QU'IL FAIT POUR TENIR ENCORE DEBOUT ?!
JE CROIS QU'IL N'EST PLUS MOTIVÉ QUE PAR LA VENGEANCE ...

TOUTES LES HUIT HEURES, LA PERSONNE LA PLUS À LA TRAÎNE SERA DÉSIGNÉE PAR LE ROI...
ON EST PARTIS À MINUIT...
IL NOUS RESTE DONC QUATRE HEURES ET 18 MINUTES...
AVANT LE PREMIER GAGE...
RIONA NE M'A PAS L'AIR DU GENRE ENDURANTE...
JE NE SUIS PAS SÛR QU'ELLE TIENNE LE COUP !

QUANT À MASATOSHI, JE DOUTE QU'IL PUISSE CONTINUER LONGTEMPS, VU SON ÉTAT...
BRRR
SA RAGE LE MAINTIENT DANS LA COURSE, MAIS...
SI JAMAIS IL CRAQUE...
!
HIII !
WOOSH
C'EST QUOI, CETTE RAFALE ?!
ABANDONNE...

VSH
BOBOM
BOBOM
QU'EST-CE QUI T'ARRIVE ?
RIEN... ON CONTINUE !
FUIT
IL VAUDRAIT MIEUX QUE LA PROCHAINE VICTIME...
SOIT RIONA OU MASATOSHI...

LAISSE-LES TOMBER...
AU MOINS, TU SURVIVRAS !
METS FIN À LEURS SOUFFRANCES...
ÇA VAUT MIEUX POUR EUX !
LA FERME !!

JE N'AI PAS ENCORE PERDU...
JE NE T'OBÉIRAI PAS...
ET JE NE LAISSERAI PERSONNE MOURIR !
ABANDONNE !
JAMAIS !!
QU'EST-CE QUI TE PREND...
DE TE METTRE À HURLER ?!
SURTOUT, NE RENONCEZ PAS...
QUAND ON MEURT, TOUT EST FINI !

NOBUAKI...
AH...
DÉSOLÉ...
JE RÉFLÉCHISSAIS...
...
TU N'AS RIEN DE MIEUX À FAIRE ?
COMMENT ÇA ?!
DEPUIS LE DÉBUT, JE CHERCHE UN MOYEN POUR QU'ON S'EN SORTE TOUS !
FRSH
FRSH
SAUF QUE PERSONNE NE T'A RIEN DEMANDÉ !
MOI, JE SUIS DÉJÀ ASSEZ OCCUPÉ À SAUVER MA PEAU...
JE NE COMPRENDS PAS QUE TU PUISSES TE PAYER LE LUXE DE PENSER AUX AUTRES !
C'EST JUSTE QUE...
JE N'AI PAS LE CHOIX...

ASSEZ BAVASSÉ !
C'EST UNE PERTE DE TEMPS ET D'ÉNERGIE !
TAP
TAP
TAP
TAP
...
ON Y VA ?
OK...
CRR

ALLÔ ?
RYÔ ? C'EST MOI, NOBUAKI...
TOUT VA BIEN ?!
OUAIS ! VOUS ÊTES OÙ ?
ON VIENT DE QUITTER LA GRAND-ROUTE... LÀ, ON SUIT UNE VOIE EN BORD DE MER...
JE VOIS...
ET VOUS ?
TAP
TAP
COURS DE TOUTES TES FORCES !
ET SOUHAITE BONNE CHANCE AUX AUTRES DE MA PART !
TAP
TAP
NOBU ?!
BIP
QU'EST-CE QU'IL VOULAIT ?
EUH...
NOUS ENCOURAGER...

QUELLE CHARMANTE ATTENTION ...
PAS LA PEINE DE LE PRENDRE SUR CE TON !
NOBU EST QUELQU'UN DE FORT...
COMME TERU !
C'EST CE QUI LUI PERMET DE PENSER AUX AUTRES !
ET MOI, JE COMPTE BIEN EN FAIRE AUTANT !
DU CALME ...
PFF...
N'IMPORTE QUOI !

JE DOIS AVOIR CONFIANCE EN LUI... JE SUIS SÛR QU'IL PEUT S'EN SORTIR !
FIUUU
NO-BUAKI !
!
TU TÉLÉPHONAIS À RYÔ ?
OUI...

HUMPF...
...
JE NE COMPRENDS PAS QUE TU PUISSES TE PAYER LE LUXE DE PENSER AUX AUTRES !
WAOUH !
REGARDEZ !

C'EST MAGNIFIQUE...
JSH
C'EST VRAI...
VAS-Y ... CONTINUE SANS NOUS...
JSH
JSH
ON TE RALENTIT TROP... PAS VRAI, MASA-TOSHI ?
...
QUOI ?!

ELLE A RAISON ...
FLOP
フラ
フラ
PARS DEVANT !
PAS QUES-TION !
GH...
FLOP
!
BEUARGH...
ÇA VA ?!
!
HAN
HAN
SON CORPS EST GLACÉ... IL EST À BOUT DE FORCES !
SI ON S'ACCOR-DAIT UNE PETITE PAUSE...
POUR RECHAR-GER NOS BATTE-RIES ?
D'AC-CORD ...

FSH
VSH
?
LA CHALEUR DU SOLEIL...
C'EST COMME SI L'HORIZON SE DÉPLOYAIT POUR NOUS ENLACER...
IL FAIT BON, CE MATIN, TU NE TROUVES PAS ?
FUIT
!

CHIEMI ?
AÏE !
TU NE ME CONFONDRAIS PAS AVEC QUELQU'UN D'AUTRE ?
TING
TING
OUPS...
PARDON...

JE SUIS VRAIMENT CREVÉ...
HUMPF...
QU'EST-CE QUI T'ARRIVE ?!
ユラ
FLOP
ユラ…
FUIT
VSH

SPLASH
HIIII !
FSH
MASA-TOSHI !
BLOP
BLOP
QU'EST-CE QUE TU FICHES ?!
FSH
REVIENS !!
IL NE BOUGE PLUS...

VSH
EH !
QU'EST-CE QUE TU AS L'INTENTION DE FAIRE ?!
LÂCHE-MOI !!
NON, PAS QUESTION !
TROUVE UNE AUTRE SOLUTION !!
PAS LE TEMPS !
IL S'EST SÛREMENT ÉVANOUI !!
VSH
PAF

HAN
!
VSH
PLOUF
ゴポポ
GLOU

ガシ
PLOF
OUF !
?!

IL M'ENTRAÎNE AU FOND DE L'EAU !
SAUF QUE SI JE NE LE RAMÈNE PAS À LA SURFACE TOUT DE SUITE...
IL VA SE NOYER !!
FSH
FSH
NON, JE REFUSE QUE ÇA ARRIVE !

FSH
AAH !
PFFAH !
ACCROCHE-TOI !!
ON DOIT ALLER JUSQU'À KAMEGAKUBI, N'OUBLIE PAS !
NOBUAKI !
!

IMPOSSIBLE DE REMONTER !!
OÙ EST LA PLAGE ?!
!!
PAR LÀ !
SPLASH
SPLASH
FSH
IL EST TROP LOURD !
SPLASH
SPLASH
À CE RYTHME ...
GLOU

FSH
CRR
MASA-TOSHI !
RÉVEILLE-TOI !!
FSH

PAF !!
ALLEZ, OUVRE LES YEUX !!
PAF !!
TU AS TENU BON JUSQU'ICI...
CE N'EST PAS LE MOMENT DE FLANCHER !
TU VEUX PRENDRE TA REVANCHE SUR TAKUYA, NON ?!
NE T'AVOUE PAS VAINCU !!
TU M'ENGUEULE-RAS TANT QUE TU VOUDRAS APRÈS !

ENCORE QUELQU'UN ...
QUE J'AI LAISSÉ MOURIR...
ASSEZ ...
JE N'EN PEUX PLUS...
JE SUIS INCAPABLE DE SAUVER QUI QUE CE SOIT...
PARDON...

ABRUTI !!
AH !
COMMENT TU VEUX AIDER LES AUTRES SI TU RENONCES À TA PROPRE VIE ?!

DE QUOI JE ME MÊLE ?!
POUR UNE ILLUSION, JE TROUVE QUE TU AS UNE SA-CRÉE GRANDE GUEULE !!
PENSE À RIONA !
TOI AUSSI TU T'Y METS, MIZUKI ?
TOUT LE MONDE COMPTE SUR TOI !
ILS ONT TORT...
JE NE SUIS PAS À LA HAUTEUR !!

PAF
DÉSOLÉ...
TU AVAIS L'AIR TELLEMENT ABATTU...
JE N'AI PAS PU M'EN EMPÊCHER !
MERCI...

NOBUAKI...
NE MEURS PAS !

C'EST VRAI, J'OUBLIAIS...
ON AVAIT TOUS LES DEUX DÉCIDÉ...
DE VIVRE !

AAH !
SPLASH
HAN
HAN
NOBUAKI !
PAR ICI !!
DÉSOLÉ, RIONA...
TOUT SEUL... JE M'EN DOUTAIS...
REMONTE VITE !
FUIT
PLIC
BON SANG ...

MERDE !

RAAAH!

FRSH
FRSH
FRSH
FRSH
À CAUSE DE TOI, J'ÉTAIS MORTE D'INQUIÉTUDE !
TU AS INTÉRÊT À TROUVER UN MOYEN DE TE RACHETER !
JE VAIS Y RÉFLÉCHIR...
LAISSE-MOI JUSTE UN PEU DE TEMPS...

FSH
JSH
ALLEZ, RESSAISIS-TOI...
JSH
ÇA NE TE RESSEMBLE PAS...
PENDANT LE JEU PRÉCÉDENT AUSSI...
QUELQU'UN S'EST NOYÉ...
SANS QUE...
JE PUISSE RIEN Y FAIRE...
...

キョロ キョロ
FUIT
FUIT
SNIF くん
SNIF くん
ODEUR : OK !
BON !
BOBOM ドキ
BOBOM ドキ
FSH
そろり
BOBOM ドキ
BOBOM ドキ
FSH
そろり
POF
QU'EST-CE QUI TE PREND ?
N...
NE VA PAS T'IMA-GINER DES TRUCS !

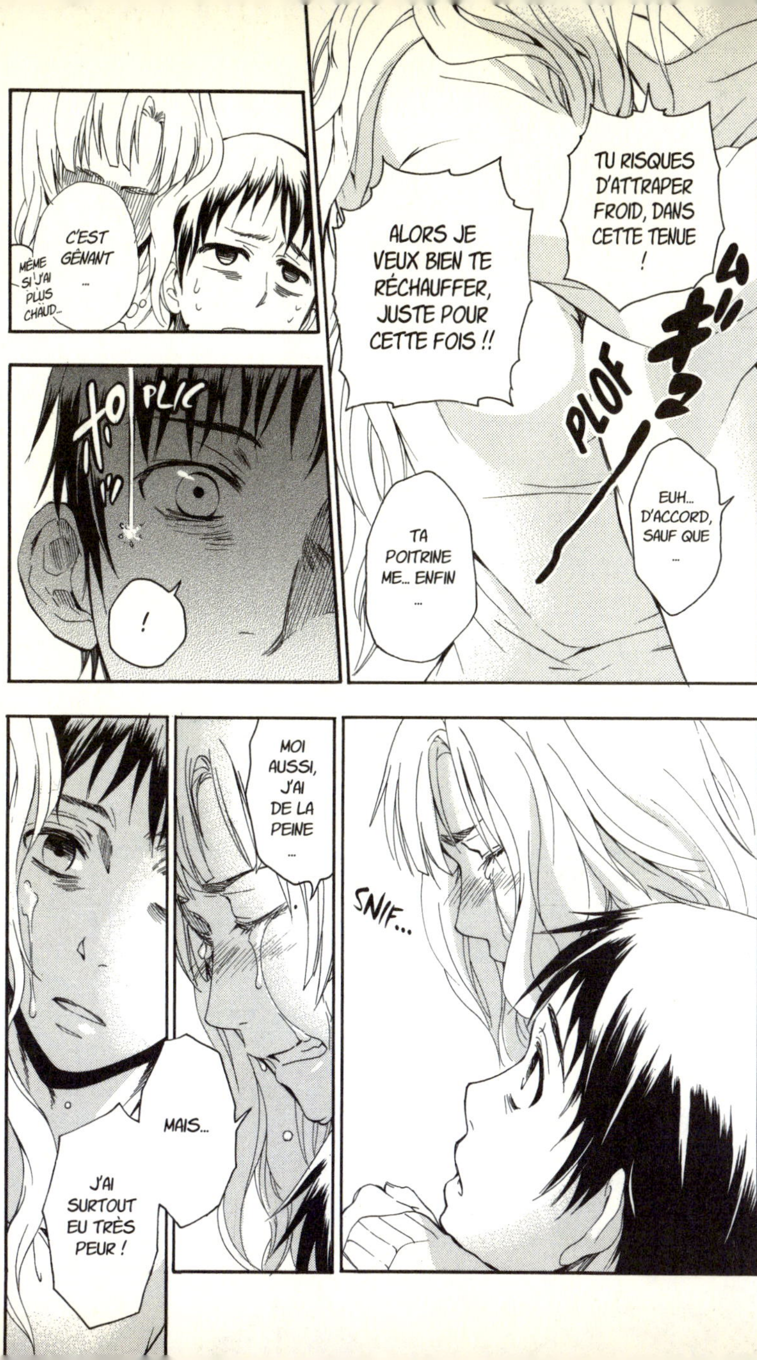
TU RISQUES D'ATTRAPER FROID, DANS CETTE TENUE !
ALORS JE VEUX BIEN TE RÉCHAUFFER, JUSTE POUR CETTE FOIS !!
PLOF
EUH... D'ACCORD, SAUF QUE ...
TA POITRINE ME... ENFIN ...
C'EST GÊNANT ...
MÊME SI J'AI PLUS CHAUD...
PLIC
!
SNIF...
MOI AUSSI, J'AI DE LA PEINE ...
MAIS...
J'AI SURTOUT EU TRÈS PEUR !

J'AI VRAIMENT CRU...
QUE TU N'ALLAIS PAS REMONTER...
DÉSOLÉ...
CRÉTIN !
C'EST LÀ QUE TU DEVRAIS ME PRENDRE DANS TES BRAS !
HEIN ?
OUPS !
NON, JE VEUX DIRE...
J'AI FROID, MOI AUSSI !!
BREF, DÉPÊCHE-TOI DE REPRENDRE DES COULEURS !
ぎゅううう
CRRR
GH... TU M'ÉTRANGLES...
VSH
VSH

すっ
FSH
IL VA FALLOIR CONTINUER !
JE ME SENS MIEUX...
AH...
TU AS RETROUVÉ LE MORAL ?
PAS EXACTEMENT...
MAIS ÇA NE SERT À RIEN DE SE MORFONDRE !
TU AS RAISON...
SURTOUT QUE...
C'EST À CAUSE DE TOI SI J'AI COURU JUSQU'ICI !
ASSUME UN PEU TES RESPONSABILITÉS !
HAN
HAN
D'ACCORD...
ポン
TAP
!
ALLEZ, C'EST REPARTI...
MERCI POUR TOUT !

BOBOM
AH !
PAS LA PEINE DE ME REMERCIER, JE N'AI AGI QUE DANS MON PROPRE INTÉRÊT !!
SURTOUT...
NE TE MÉPRENDS PAS !!
VSH
VSH
À PARTIR DE MAINTENANT, ON NE DEVRAIT PLUS CROISER BEAUCOUP DE ZONES HABITÉES...

ALORS ON FERAIT MIEUX DE SE RAVITAILLER TOUT DE SUITE...
AH BON ?
LÀ !
ON A VU DÉFILER BEAUCOUP DE NOUVELLES TÊTES, CE MATIN...
FRSH
FRSH
IL Y A ENVIRON UNE HEURE, DES GENS DE VOTRE ÂGE SONT PASSÉS...
ILS ONT ACHETÉ PLEIN DE NOURRITURE, COMME VOUS...
IL Y A UN ÉVÉNEMENT PARTICULIER, AUJOURD'HUI ?
PAS QUE JE SACHE...
RYÔ ET LES AUTRES !

J'AI AUSSI EU LA VISITE D'UNE JOLIE DEMOISELLE, ALORS QUE J'OUVRAIS LA BOUTIQUE !
ELLE ÉTAIT TOUTE SEULE, PAR CONTRE...
ÇA NE PEUT ÊTRE QUE...
NATSUKO !
C'ÉTAIT QUAND ?
UN PEU APRÈS CINQ HEURES, IL ME SEMBLE...
ELLE EST PASSÉE ICI IL Y A PLUS DE DEUX HEURES !
À QUELLE VITESSE ELLE COURT ?!
EN AVANT !
CE GRAND PONT MÈNE À L'ARCHIPEL OÙ SE TROUVE NOTRE DESTINATION...

IL FAUT TRAVERSER LES QUATRE POUR REJOINDRE KAMEGAKUBI !
IL EST COMPOSÉ DE DEUX GRANDES ÎLES, MAMI ET MITA...
SUIVIES DE DEUX PLUS PETITES, MITAKAMI ET IWASHI...

L'HEURE TOURNE...
BOBOM
BOBOM
カチ…
CLAP
07:55
スッ
FSH

MASATOSHI EST LA PERSONNE LA PLUS ÉLOIGNÉE DE L'ARRIVÉE...
MAIS COMME IL EST DÉJÀ MORT...
IL NE POURRA SANS DOUTE PAS ÊTRE DÉSIGNÉ...
ET DANS CE CAS, C'EST SUR RIONA OU SUR MOI QUE ÇA VA TOMBER !
...

07:59
OUPS...
QUOI ?
MON LACET EST DÉFAIT, PARS DEVANT !
TOI, ALORS ...
BON, JE T'ATTENDS !
CHIEMI ...
PARDONNE-MOI...

MALGRÉ TOUS TES ENCOURAGEMENTS...
JE NE SUPPORTERAI PAS DE VOIR ENCORE QUELQU'UN MOURIR !
TRILILILI

C'EST PAS VRAI !
MESSAGE REÇU AUJOURD'HUI À 08 H 00 : "HUIT HEURES SE SONT ÉCOULÉES. L'ÉLÈVE LE PLUS ÉLOIGNÉ DES RUINES DE KAMEGAKUBI EST CONDAMNÉ À LA MORT PAR ASPHYXIE."
TU N'AS QUAND MÊME PAS...

9
SURVIVANTS

22
MORTS

À suivre dans le tome 5 de King's Game Extreme

Doubt
Saurez-vous
démasquer le loup ?
Yoshiki TONOGAI
Doubt
1
Yoshiki TONOGAI
Doubt
2
© Yoshiki Tonogai / SQUARE ENIX
KI-OON
seinen

PROPHECY
TWEETEZ, COMMENTEZ, PARTAGEZ... ASSASSINEZ.
UNE SÉRIE EN 3 TOMES
© Tetsuya Tsutsui / Ki-oon
TETSUYA TSUTSUI PROPHECY 03
TETSUYA TSUTSUI PROPHECY 02
TETSUYA TSUTSUI PROPHECY 01
KI-OON seinen

KI-OON
seinen
© Kyoichi Nanatsuki, Night Owl / SQUARE ENIX CO., LTD.
THE ARMS PEDDLER 1
THE ARMS PEDDLER 2
THE ARMS PEDDLER
SOMBRE, VÉNÉNEUX, APOCALYPTIQUE,
LE DIGNE HÉRITIER D'ÜBEL BLATT PORTE LA
DARK FANTASY À DE NOUVEAUX SOMMETS !

KI-OON
shonen
1
BLOODY CROSS
2
BLOODY CROSS
© Shiwo Komeyama / SQUARE ENIX CO., LTD.
BLOODY CROSS
Mi-ange, mi-vampire...
100% manipulatrice !

Édition française

Traduction :
Yohan Leclerc

Adaptation graphique :
Clair Obscur

ISBN : 978-2-35592-734-8
Dépôt légal : octobre 2014
Achevé d'imprimer en France par Aubin Imprimeur